Damiano Martorelli

Rosa dei Venti

Prima Edizione:
Agosto 2015

ISBN | 978-88-93061-30-8

Impaginazione e layout:
DM Services & Consulting®
http://www.dm-services.eu

Ai miei genitori…

Damiano Martorelli

Sommario

Sommario

Prefazione dell'Autore

Caro Lettore

il presente volumetto è la raccolta di alcuni dei miei componimenti più recenti, editi ed inediti. La struttura segue quella della Rosa dei Venti, perché la vita è un po' come un viaggio, con le sue burrasche e le bonacce, i suoi momenti intensi e quelli di quiete o nostalgia.

Per questo, la costante dei componimenti è la figura del Comandante, una figura eterea, astratta eppur concreta, perché in fondo simboleggia ognuno di noi, e la sua "nave" altro non è che la propria vita, in senso metaforico, nel mare, che a sua volta rappresenta il mondo che ci circonda.

In questo modo, ciascuno può calarsi nel testo, riconoscendo se stesso; l'esperienza non è più solo quella del Poeta, ma quella di chiunque, dato che anche il poeta, in fondo, non è che un uomo qualunque.

Ringraziando fin d'ora te, Lettore, ti auguro che la lettura ti sia agevole e gradita.

Damiano Martorelli , Trento, li 30/06/2015

I

BOREA

Giunge freddo Borea dentro le ossa:

si chiude ben stretto il pastrano

il Comandante: al timone s'addossa,

mentre governa con una sola mano.

Bianca la vela a dritta s'offre,   5

il porto lento punta di bolina,

mentre il corpo rigido soffre

un brivido della sera ora vicina.

Le luci si fanno più nitide ormai

mentre il pensiero libero vola;   10

sul mare cala il lungo via vai,

resta la sua vela distesa da sola.

Il vento freddo sferza il suo viso,

mentre contempla a poppa le stelle:

dicon che i marinai vi vedan sorriso   15

delle amate lontane e belle.

Sente un brivido e vede scintilla,

brilla anche per lui nuovo astro?

ma chi sei tu o giovane pupilla

che gli offri lì tuo sorriso mastro?   20

Il vento del Nord non offre risposta

ma conosce suo presente e passato:

sorge già canto nell'anima disposta,

celebra solo chi ben ha meritato.

Ammaina la tela e compie manovra,   25

le cime legano il legno biancastro,

come in un abbraccio di umida piovra

che evita allo scafo ogni disastro.

Un ultimo sguardo alla nitida Luna

mentre scende sulla banchina petrosa: 30

la sua Stella brilla come nessuna,

l'ingenuo suo cuore segue silenziosa.

II

MATTINO

Si aprono gli occhi alla luce

che trafigge il nuovo mattino

ma resta il pensiero ancorato

al candido viso e dolce sorriso.

Quel ciuffo di capelli sbarazzino   5

si confonde nel caffè profumato,

risuonano in cuor voce e riso

d'una Stella ch'ogni pena riduce.

Nell'animo d'ogni innamorato
il risveglio è sempre inviso: *10*
al duro lavoro spinge e conduce
lontano dall'intimo ogni mattino.

Il Sole ha già il buio ucciso,
caro tepore nei cuor produce:
un abbraccio reale o divino   *15*
a Stella: altro dì è iniziato.

III

IL VENTO DELLA MEMORIA

Si tiene il cappello ben stretto

il Comandante sul pulpito chino;

osserva l'acque con occhio stretto

infrante dai raggi del mattino.

Spira forte il vento che dicon Greco,　　　　5

come la lingua dell'Ellade antica;

scende dai monti e porta seco

memoria d'un tempo e terra amica.

L'angusto liceo e il suo scranno,

che con salda mano per anni tenne   10

la figlia del generale, ogni anno

rimembra che al desco lo ritenne.

La calda voce ed il dolce sorriso,

l'amica di latini e greci ingegni,

il nome di stella, il morbido viso   15

che ora a Baltimora insegna.

L'accento romano, il crine nero

del compagno di studi e di giochi:

tornato all'Urbe, amico sincero,

i ricordi di lui sempre più fiochi.   20

Di tanti altri volti e sguardi,

di leggere bugie e ipocriti risi,

si perde memoria presto o tardi,

si sfoca immagine dei passati visi.

Sol chi merita memoria ritiene,   25

impronta indelebile della vita:

l'amico vero all'anima conviene,

pur lontano, è ricchezza infinita.

Quanti ricordi e quanti amici

ai quattro venti il Comandante   30

coltiva tra mari e irte pendici,

della vita ancor giovin viandante.

Ad ogni raggio di sole e vento,

racconta silente la ricca storia:

di sé e d'amici, ogni evento   35

perché non si perda traccia o memoria.

NOTA AL TESTO

Dedicata alla prof.ssa Lia De Finis, per anni Preside del Liceo G. Prati di Trento, ed ai cari compagni di classe, ed amici, Alhena Gadotti e Francesco Meloncelli.

IV

L'USIGNOLO

Era una sera di comune festa

ignoto intorno quasi ogni invitato;

ben altro gli albergava in testa,

molto stanco e quasi annoiato.

Esce fuori, mentre il vento Greco   5

soffia le foglie in mulinello:

nel parco il pensiero è cieco,

ma non rifugge udito un uccello.

D'un tratto s'intona un usignolo,

sul ramo d'un melo, lì in fiore; 10

innalza il suo canto tutto solo,

evoca sogni e ricordi dal cuore.

Ferma il passo il Comandante,

socchiuso l'occhio, fisso il viso:

là rose bianche, poco distante, 15

simulan l'inobliato sorriso.

Ultimi raggi sull'onda del lago

rifulgon quel guizzo di fanciulla:

quell'occhio vivo e mai vago,

in cui l'animo caldo si trastulla. 20

Le rose con la delicata mano

lento sfiora: il morbido viso

di lei gli ricordano invano;

distanza veste d'amaro intriso.

Ma grato è d'epifania all'amico   25
pennuto: sguardo perso nell'onda,
memoria al sentimento antico,
come gomena salda alla fonda.

V

LEVANTE

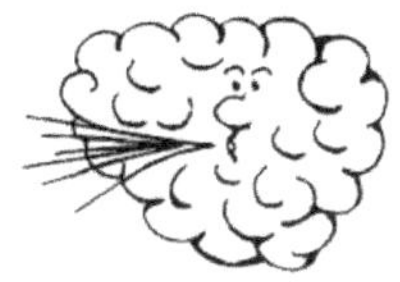

Spira leggera brezza di levante,

lento ondeggia il legno fido:

culla memoria del Comandante

per la Maestra dell'arte d'Aikido.

L'arte saluto concede marziale,   5

s'alza il sipario sul divenire:

arma brandisce poi destra ferale,

pronta sinistra la segue all'agire.

Roteano mani con perizia viva,

tese fendono aria cristallina: 10

volge passo alla luce sorgiva,

fulge energia nella mossa divina.

L'attenzione alla vista si desta

dagli astanti verso loro Maestra:

il tenkan compie ferino lesta,   15

kaiten chiude guardia destra.

Nel dojo da più lustri infonde

di O-Sensei vivo insegnamento:

non un suo gesto o passo confonde,

del Ki tutto è atto e fondamento.   20

Tramonta il Sole rosso fervente

per sorgere nuovo incessante

sulla terra lontana d'oriente,

casa cara d'arte del Sol Levante.

Osserva silente il Comandante: *25*

già gli cresce la viva nostalgia,

del dojo tra i monti e dell'insegnante

che inizia membri al Ki della Via:

tutti attendono il corso di colei

che promuove l'arte marziale   *30*

forgiata mirabile da O-Sensei

in messaggio di pace universale.

NOTA AL TESTO

Dedicata alla Maestra Donatella Lagorio, 6° dan, per il 20° anniversario (Giugno 2014) del Dojo Aikikai Trento da Lei fondato e guidato con sapiente saggezza.

VI

POMERIGGIO

Osserva quegli uccelli, contento,

che già si apprestano alla sera:

s'invola pensiero già a Stella,

all'abbraccio che lo attende, cara.

Perché forte qualunque cosa bella

si stringe: però l'animo attento

sa che, se è pur preziosa e vera,

si tiene stretta qual gemma rara.

VII

VENTO DI SCIROCCO

Vento di scirocco solleva una foglia,

sottile fruscio il silenzio rompe:

in questo luogo di pia doglia

solo natura la pace dolce corrompe.

Giacciono file di tante croci,   5

testimoni silenti di tante voci

giovani liete che la guerra spense:

vista e memoria sempre intense.

Si china solerte al posto dovuto,

uguale a tanti altri vicini: *10*

solo un nome stinto e conosciuto,

tra ferree croci e pallidi lumini.

Prega addolorato il Comandante,

appoggia i fiori sotto la croce:

e rimembra racconti d'infante,   *15*

del nonno l'inconfondibile voce.

Sussurrava sopra le trincee il vento,

nella quiete prima della tempesta:

gelido tremore recava e tormento

al giovane fante con l'elmo in testa.   *20*

Incauto si sporse all'osservazione:

cecchino lo colse, un urlo strozzato,

si rilassano le membra, cessa l'azione:

un altro giovane dal futuro spezzato.

Chi carne non fu, carnefice divenne: 25

chi salvo non fu, forse ebbe una croce.

Quanti ancora nella neve perenne

chiedono riposo con flebile voce.

Vento di Scirocco si leva pietoso,

su foglie d'autunno reca desio: 30

ogni colore un messaggio ansioso

per dare pace e dignità all'io.

Molte croci la guerra ha piantato,

in ogni dove ed in ogni terra:

ma molte di più son per chi obliato   35

altro luogo senza memoria interra.

S'ergono freddi e ferrei cimiteri,

d'anime ricolmi da Levante a Ponente:

ma mai l'uomo impara da ieri,

dalla gioventù spezzata per niente.   *40*

Un secolo ci separa dal primo dramma

che invano sconvolse la Terra intera,

eppur ancora s'ode rombo e fiamma:

non sazi ancor di lacrime e cera.

NOTA AL TESTO

Scritta nel 2014, e dedicata alla memoria dei caduti di tutte le Guerre, nel centenario dello scoppio della Prima Guerra Mondiale.

VIII

TACCO FIRMATO

Tu poco attenta alla sostanza,

giovane dalla vispa frangetta

t'aggiri con le amiche insicura,

invano cerchi risposta al cuore.

T'osserva discreto dalla distanza   5

l'uomo di mare sulla riva eletta;

dedichi all'imago tanta cura,

confondi l'aspetto con l'amore.

Poco ascolto hai tu prestato

alle parole sulle ali del vento: 10

alla tesa mano replicasti dura,

viso teso e profondo livore.

Scuote il capo con leggero distacco

il marinaio, e con sguardo lento

segue chi invano gioia futura 15

cerca in vacuo moderno fulgore.

Poco senso l'alto tacco calzato,

il panno firmato ricco attillato:

quanto sciocca è tale tortura,

immagine falsa che cerca un valore. 20

Troppo facile cadrai nel sacco,

del cacciator di dote smaliziato:

le rosse tue gote già in arsura,

lui già pilota del corpo e d'umore.

IX

OSTRO

La fame pregusta il pranzo atteso,

l'Ostro solerte gonfia le onde;

infrange l'acqua il molo proteso,

profumo di mare i sensi confonde.

Lungo la spiaggia lento cammina   5

il Comandante prossimo al faro:

stride il gabbiano sin dal mattino

sopra una barca fresca di varo.

Posa la mente a parole recenti

di Enzo, partenopeo trentino;　　　　　　*10*

parole d'amico come sorgenti

argute e di ragionamento fino.

"Credici" è il suo motto e stile:

ottimista in bonaccia o tempesta,

saggezza del sud, mai pago o vile;　　　　　*15*

coinvolge al lavoro o alla festa.

Alberga voce nella sua testa

di questo figlio del mezzogiorno:

rintocca mezzogiorno come festa

mentre punta la via del ritorno.　　　　　　*20*

Il caldo vento sfiora il viso

qual mano agognata in una carezza:

si scuote il capo in un sorriso,

non è la sua Stella, solo la brezza.

NOTA AL TESTO

Dedicata all'amico Enzo Passaro, per i suoi consigli sempre preziosi e mirati.

X

CUORE IN MIMOSA

Silente muove incerto passo,

preso da pensieri e dalla brezza;

sulla punta si ferma di un sasso,

mentre osserva vela che s'attrezza.

Si perde suo sguardo nel mare,   5

mentre il Sole gioca sulle onde;

memoria corre e vuole andare,

ogni senso dentro se si confonde.

S'increspa l'acqua lenta a libeccio,

in pieghe aggraziate e giocose: *10*

paion di viso dolce intreccio,

le labbra e le gote radiose.

Sfrecciano i gabbiani sul mare,

là festanti in planata radente:

la loro voce appar familiare,   *15*

il tono d'una lei sorridente.

Si muovon bandiere silenti

al lento soffiare della brezza,

'sì come lunghi capelli frementi

ondeggiano all'aria che accarezza.   *20*

Passan donne con mani di mimose,

in questa giornata a lui normale;

quanto delicate son come rose,

segno inadeguato a ciò che vale.

Il capo per tanta merce scuote,   25
perché dai più donata invano:
non basta mimosa a sanare vuoto,
se il resto d'anno son lupo o villano.

S'egli potesse suo dono fare,
ogni giorno volgerebbe a fiore   30
quel che anima può sincera dare,
'sì che mimosa diventi il cuore.

Sorride all'acque del mare lucenti,
dove il Sole si tuffa deciso:
sono come due occhi splendenti,   35
ch'aprono il cuore con il sorriso.

Laggiù una nube turba la vista,

annuncia un giorno di tempesta:

s'alza appagato e riprende la pista

sul lungomare nel porto in festa.   40

XI

VENTO DI LIBECCIO

Spira e soffia facili illusioni,

false speranze in torbido intreccio,

di lavoro e cuore vane questioni;

colpevole lui, vento di Libeccio.

Lo odia il Comandante, davvero: 5

per il male che alla sua protetta

condusse per mare, uomo insincero,

non ha perdono, per fede reietta.

39

Lo odia per le molte innocenti

che agli irti scogli di Lampedusa   10

anime consegnò, in acque inclementi

più voraci di Gorgone e Medusa.

Ed odia le improvvide speranze

di un mondo migliore e fallace

che il vento ispira, esotiche fragranze: 15

mendace imago che turba sonno e pace.

Spira, e l'uomo di mare già trema,

quanta illusione raccoglier s'appresta:

tal disperazione ormai senza tema

versa nell'italico lido e su cresta.   20

Spinge di poppa il legno indifferente,

vittime e carnefici non separa:

i primi illude in braccio e mente,

i secondi son nuova pillola amara.

XII

SERA

S'attarda al tramonto il caldo Sole,

s'invola il pensiero lontano;

non importa quanto grande distanza

separi l'abbraccio di due cuori.

Quand'anche perdessero ogni strada,   5

non si perderanno. La lontananza

rafforza il legame degli amori

veri che crescono, mai invano.

A ogni tramonto, tramontano mai

perchè ben sanno che, comunque vada,   *10*

le strade una sera si uniranno,

ricongiungendo due anime sole.

Altre promesse si scambieranno

e tanti abbracci quante volte, sai,

non potendo, li colse nostalgia;   *15*

quella sera ogni affanno andrà via.

XIII

PONENTE

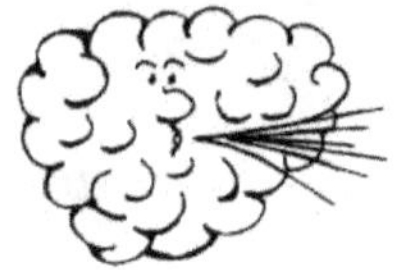

Tramandano che il Tempo consiglia

il Comandante di ogni vascello:

ma a chi gioia anela d'una famiglia

ogni attimo si perde come ruscello.

Molte acque sono state solcate,   5

d'italico verbo oppur straniero:

arduo trovar un porto sincero,

dove intenzioni eran ricambiate.

Più volte l'ancora venne calata,

in lidi onesti invano creduti: *10*

e dove non poté sirena amata,

nocque madre dai fini tessuti.

Mosse dall'occidente al levante

la prua il suo animo timoniere:

scosse vento il fiocco danzante,   *15*

complice cuore delle rotte vere.

Nessun libro, però, né consigliere

ti prepara ad amore e scacco:

per quanto opere tue sian vere,

non sfuggi a qualche colpo di tacco.   *20*

Tu, Vento di Ponente, più volte

spinto hai florida sua vela:

perché le parole gli hai tolte,

evitato non hai infida tela?

Non il denaro disperso gli preme,   25

ma la sua fede invano riposta:

il tempo gettato in falsa speme

di casa e di figlio mai posta.

Moneta sonante va e viene

ma il tempo no: è raro tesoro,   30

che sprecare o perdere non è bene;

preziosa è la vita più d'oro.

La calda mano d'amore sincero,

rinfranca l'animo anche in tempesta.

Il sorriso di un figlio vero,   35

riempie il futuro di festa.

Ondeggia il suo legno sul mare,

l'anima il suo sogno consegna:

si leva il vento senza replicare

ad ogni cuor che amor ingegna.   40

XIV

CROCE DI FERRO

Spinge la mano ferreo cancello,

cigola freddo, cupo e dolente;

avanzo col floreale fardello,

lento il mio passo, cupa la mente.

Taciti testimoni di tante voci   5

giovani liete da guerra spente,

scorrono le file tra tante croci.

Una donna con molte primavere

piange silente l'amato padre:

dignità e amore in lacrime vere   *10*

di chi conobbe solo sua madre.

Del nonno rimembro frasi sincere,

racconti di guerra e d'Alpino.

Ferree croci guerra ha piantato,

ogni conflitto lontano o vicino: *15*

molte ne mancano a chi obliato

sotto pie stelle ancora giace.

Quanti lassù sulle cime bianche

chiedono umile croce e pace.

Giacciono fredde le spoglie stanche   *20*

lassù spezzate da ferro o fiamma;

reca a folate ora loro desio

il vento ad un secolo dal dramma

che invano sconvolse Terra e l'io:

non sazi s'ode ancor rombo e fiamma.   *25*

NOTA AL TESTO

Scritta nel 2014, e dedicata alla memoria dei caduti di tutte le Guerre, nel centenario dello scoppio della Prima Guerra Mondiale.

XV

IL VENTO MAESTRO

Piega le fronde il Vento Maestro,

sibila piano sopra le onde;

ondeggia lento sul fianco destro

il legno aggrappato alle sponde.

Spazza nubi dal cielo stellato   5

dove la Luna troneggia piena:

occhi s'affissano d'innamorato,

cercano la Stella come Sirena.

Sibilo lento suona leggero

come respiro d'un cuore tenace,   10

cui la distanza d'amore vero

mai ne disturba l'intima pace.

Il tepore sfuggente impalpabile

qual carezza di vellutata mano

accende la memoria labile   15

di un abbraccio, seppure lontano.

Quei riflessi di luce sull'onda

come occhi scintillanti di vita

all'animo offrono una sponda:

avida nostalgia infinita.   20

Lui, il Vento, conosce il segreto

di ciascun intimo atto del cuore;

Maestro infaticabile e lieto

tempra con mano ferma ogni amore.

Distante o vicino, sentimento   25

rinsalda nei cuori e memorie:

sussurra all'anima con talento

ravvivando abbracci e storie.

XVI

NOTTE

Un nuovo giorno se n'è andato,

la Luna il suo spazio conquista,

le stelle le fanno viva corolla

nel buio della notte immensa.

Se un sorriso è stato regalato,   5

asciugata una lacrima non vista,

detto "ti amo" soli o tra la folla,

è stata una giornata intensa.

La distanza può un bacio impedire

o un abbraccio far desiderare;　　　　　10

ma non può impedire un pensiero

né l'emozione del sentimento.

E per ogni giorno che va a finire

ciascuno colga cosa ricordare:

lo nasconda nel cuore e pensiero　　　　15

via dall'oblio del tempo e vento.

XVII

TRAMONTANA

Scende dalle cime fredda e lenta,

soffia da Nord sul bianco manto,

novello mantello alla stretta valle

che fende diritta gli alti monti.

Qua e là brevi mulinelli inventa,   5

polvere bianca alzano d'incanto

sui muri di case antiche e stalle,

gran numero nel Vanoi ancor conti.

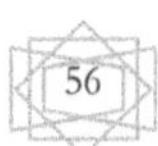

Calca il Comandante l'albea neve,
giocano bimbi del freddo ignari,   10
ciarlano donne sugli usci di legno,
fumano sigari uomini stanchi.

L'aria sferza con mano lieve
gote e nasi, negli scialli cari
si recano anziane a scioglier pegno   15
nelle chiese su scomodi banchi.

Rintoccano campane nella valle,
annunciano eterne eterna novella:
scaldano il cuore di nostalgia,
aprono la fonte alla memoria: 20

i padri con i figli sulle spalle,
le madri solerti come ancella,
i nonni premurosi in ogni via,

i bimbi atti a nivea baldoria.

Allora come ora fresco manto: 25

nonna pronta col nuovo slittino,

fronte stalla il ripido pendio,

gara lieta, un solo vincitore.

Coglie vento e porta questo canto,

memoria d'ogni dolce mattino,   30

quando non vigevan tronfio io,

vile o bruto: ma onestà e amore.

NOTE BIOGRAFICHE

Damiano Martorelli nasce a Feltre (BL) nel 1972, ma vive e studia sin dall'infanzia nelle due Province Autonome di Trento e Bolzano. Due lauree con Lode, in Ingegneria ed in Lettere (indirizzo Archeologico), dopo aver ricoperto vari ruoli direzionali in diverse Aziende, è ora titolare di un proprio Studio di Consulenza e si occupa, attualmente, di consulenza organizzativa in ambito Aziendale, e di Project & Process Management in diversi ambiti sia industriali, sia bancario/finanziari. Ha inoltre una specializzazione e certificazione internazionale in ambito di gestione e consulenza finanziaria.

Nel tempo libero, oltre a svolgere volontariato come soccorritore sanitario, si dedica ai suoi interessi storici ed archeologici ed alla scrittura.

Ha già pubblicato in proprio un racconto, "Lo Stagno Incantato", ed una raccolta di poesie personale, "Le 4 Stagioni del Cuore". Inoltre, è stato selezionato per la partecipazione con due poesie alla prima Biennale della Creatività (Verona, Febbraio 2014), è stato inserito nell'elenco degli "Eredi di Dante Alighieri" nell'omonimo concorso letterario (Firenze, Febbraio 2015; unico autore selezionato per entrambe le categorie, Prosa e Poesia) ed è stato selezionato ed edito in alcune collane antologiche di diverse case editrici.

Finito di stampare nel mese di Agosto 2015
per conto di Youcanprint *Self-Publishing*

www.ingramcontent.com/pod-product-compliance
Lightning Source LLC
Chambersburg PA
CBHW060913130726

48001CB00006B/2213